AF357996

SUPPLÉMENT AU CATALOGUE

DE LA VENTE DE

C. DAUBIGNY

Vve RENOU ᴇᴛ MAULDE

IMPRIMEURS DE LA COMPAGNIE DES COMMISSAIRES-PRISEURS

Rue de Rivoli, 144

CATALOGUE

DES

EAUX-FORTES

ET

GRAVURES SUR VERRES

DE

C. DAUBIGNY

Lithographies de DAUMIER

GRAVURES SUR VERRES DE COROT

Vignettes, Eaux-Fortes, par divers Artistes, etc.

DONT LA VENTE AURA LIEU

HOTEL DROUOT, SALLE N° 6

Le Mardi 23 Novembre 1886

A QUATRE HEURES

A LA SUITE DE LA VENTE DES TABLEAUX

Mᵉ Léon TUAL
COMMISSAIRE-PRISEUR
Rue de la Victoire, n° 36

M. Cʜ. DELORIÈRE
ÉDITEUR-EXPERT
Rue de Seine, n° 15

PARIS — 1886

CONDITIONS DE LA VENTE

—

Elle sera faite au comptant.

Les Adjudicataires paieront CINQ POUR CENT en sus des enchères, applicables aux frais.

L'Expert se réserve la faculté de réunir ou diviser les numéros.

Nous devons au Public l'explication de la publication
tardive du présent Supplément au Catalogue de la vente de
C. DAUBIGNY.

La préoccupation de la mise en ordre du Catalogue des
Peintures de notre ami C. DAUBIGNY, avait tout d'abord
détourné notre attention des ESTAMPES que nous avons
trouvées dans son atelier, mais un examen plus attentif nous
ayant démontré la qualité, la rareté, en un mot l'importance
de ces ESTAMPES, nous avons pensé que nous devions en
faire dresser un Catalogue détaillé et que nous ne pouvions
mieux nous adresser, pour ce soin, qu'à l'éditeur-expert bien
connu, M. Charles DELORIÈRE.

HENRI GARNIER.

DÉSIGNATION

CHAPLIN (Ch.)

1 — L'Embarquement pour Cythère, d'après Watteau.

Très belle épreuve d'artiste sur chine, avec dédicace :

A mon ami Daubigny,

Ch. Chaplin.

COROT

2 — Sous ce numéro, il sera vendu quelques Épreuves de clichés glace.

DAUMIER (H.)

3 — Rue Transnonain, le 15 avril 1834. Lithographie originale.

Belle épreuve encadrée.

DAUMIER (H.)

4 — Ne vous y frottez pas ! Lithographie.
Belle épreuve encadrée.

5 — Enfoncé Lafayette !... Attrape mon vieux.
Belle épreuve rare.

6 — Le Ventre législatif. Aspect des bancs ministé-
riels de la Chambre improstituée de 1834.
Belle épreuve. Très rare.

7 — Vous avez la parole, expliquez-vous, vous êtes
libre ! Lithographie.
Belle épreuve encadrée.

DELACROIX (E.)

8 — Cheval effrayé sortant de l'eau.
Belle épreuve du 1ᵉʳ état, avant le titre.

ELMERICH

9 — Vues de Paris et des environs. 8 pièces.
Belles épreuves.

POTÉMONT (MARTIAL)

10 — La rue de la Tonnellerie. Grande eau-forte.
Très belle épreuve d'artiste avec dédicace.

TRIMOLET (Père)

11 — Croquis, Dessins, Gravures. Environ 80 pièces.

OEUVRE GRAVÉ

De C. DAUBIGNY

—

DAUBIGNY (C.)

12 — La Tonnelle (H. 2). Héliogravure.
Les figures ont été dessinées par Meissonier.

13 — Vue de la Ville de Subiaco (H. 3).
Très belle et rare épreuve du 1ᵉʳ état.

14 — Vue prise aux environs de Subiaco (H. 5).
Belle épreuve sur chine avec le titre gravé sur la planche, état entre le 2ᵉ et 3ᵉ. Une épreuve de l'artiste. 2 pièces.

15 — Saint Jérôme (H. 10).
Epreuve ancienne de l'Artiste.

16 — Environs de Choisy-le-Roi (H. 22).
Belle épreuve du 1ᵉʳ état.

17 — L'Approche du village (H. 44).
Très belle épreuve sur chine du 1ᵉʳ état.

18 — Les Baigneuses. Souvenir du ru de Valmondois (H. 49).
Très rare épreuve du 1ᵉʳ état, à l'état d'eau-forte.

19 — Suite complète des douze eaux-fortes (H. 61 à 72).
Belles épreuves tirées sur divers papiers.

DAUBIGNY (C.)

20 — Le Lever du soleil (H. 61).

Très rare épreuve du 1er état non décrit, avec le ciel presque blanc, et avant beaucoup d'autres travaux.

21 — La même Pièce.

Belle épreuve du 2e état.

22 — Chevaux de halage (H. 62).
Belle épreuve.

28 — Les Bords du Cousin (H. 63).

Très rare épreuve du 1er état. La planche a été complètement changée après cet état.

24 — Les petits Oiseaux (H. 65).

Très rare et belle épreuve du 1er état, avec les trois lapins.

25 — L'Automne. Souvenir du Morvan (H. 66).

Très belle et rare épreuve du 1er état, avec le voyageur buvant au ruisseau dans le creux de sa main.

56 — La même Pièce.
Très belle épreuve sur chine.

27 — La Pêcherie (H. 69).

Très belle et rare épreuve du 1er état (non décrit), avant les travaux de pointe et de roulette et avant le trait carré.

28 — Les Charettes de roulage (H. 70).

Très rare et belle épreuve du 1er état, avant l'adresse de Beillet.

DAUBIGNY (C.)

29 — Les Cerfs au bord de l'eau.

Première planche (non décrite dans le Catalogue Henriet), le 1er état de cette planche, si il a été tiré, ne doit avoir que les masses des arbres et des eaux, gravées à plat par le procédé que Daubigny appelait « gravure à la cravate ». Ce 1er état s'il existe nous est inconnu. Tous les gris de la présente épreuve, qui enveloppent les morsures du ton posé à la cravate sont posés à la roulette et en somme cette première planche des Cerfs au bord de l'eau, est une sorte de manière noire.

30 — Les Cerfs au bord de l'eau (H. 72).
Belle épreuve de la 2e planche, 2e état.

31 — Les n°s 64, 67, 68, 71 (H.). 4 pièces.
Belles épreuves sur chine,

32 — Le Buisson, d'après Ruysdaël (H. 73).
Belle épreuve avant la lettre, le nom de Daubigny à la pointe.

33 — Suite de neuf Planches (H. 74 à 84, moins le 79).
Belles épreuves sur divers papiers.

34 — Cinq Pièces de la suite, précédant les n°s 74, 75, 76, 83 et 84.
Belles épreuves sur chine.

35 — L'Ondée (H. 78).
Deux épreuves, 1er et 2e état, sur chine.

DAUBIGNY (C.)

36 — Le Coup de soleil, d'après Ruysdaël (H. 79).

Très belle et très rare épreuve du 1er état non décrit avant la remorsure.

37 — La même Pièce.

Très belle épreuve du 2e état, après des remorçures.

38 — La même Pièce.

Très belle épreuve d'artiste sur hollande, avant le tirage de la calcographie.

39 — La Plage de Villerville (H. 80).

Deux très belles épreuves sur chine, avec le nom à la pointe.

40 — Le Printemps (H. 81).

Très rare épreuve du 1er état, eau-forte pure, sur chine collé.

41 — La même Pièce.

Belle épreuve sur chine.

42 — Le Chant du coq (H. 83).

Belle épreuve sur chine du 2e état, avant toute lettre.

43 — La même Pièce.

Belle épreuve sur chine avant la lettre ; l'adresse de Delâtre, faubourg Poissonnière.

44 — La Machine à battre le blé (H. 85).

Belles épreuves d'artiste, avec le nom de Daubigny à la pointe.

DAUBIGNY (C.)

45 — Le grand Parc à moutons (H. 86).
Epreuve tirée sur vieux papier.

46 — Cochon dans un verger (H. 87).
Très belle épreuve du 1er état (non décrit), sur papier vélin.

47 — La même Pièce.
Très belle épreuve sur vieux papier.

48 — La Poule et ses Poussins (H. 88).
1er état non décrit avant beaucoup de travaux, dans cet état; un poussin est perché sur une barre de bois.

49 — Lever de lune (H. 89).
Très belle épreuve du 1er état sur vieux papier.

50 — La même Pièce.
Deux belles épreuves. Signature à la pointe.

51 — Voyage en bateau (H. 90 à 105). 16 pièces et le texte.
Belles épreuves tirées sur divers papiers.

52 — De la même Suite. 15 pièces en divers états, dont 2 pièces en deux états, 1 en quatre.
Belles et rares épreuves.

53 — La Vendange (H. 107).
Très belle épreuve sur vieux papier.

54 — Le Gué (H. 108).
Très belle épreuve du 1er état sur vieux papier, avec la vache blanche.

DAUBIGNY (C.)

55 — La même Pièce.

Belle épreuve sur hollande.

56 — L'Arbre aux corbeaux (H. 110).

Très belle épreuve tirée nature sur vieux papier.

57 — La même Pièce.

Très belle épreuve d'artiste sur vieux papier.

58 — Le Verger, pour le livre, sonnets et eaux-fortes (H. 111).

Très belle épreuve du 1er état, eau-forte pure.

59 — La même Pièce.

Deux belles épreuves tirées sur vieux papier verdâtre. (Sera divisé.)

60 — Les Bergers (H. 112).

Belle épreuve du 2e état (non signalé) ; dans cet état la femme passe son bras autour du cou du berger.

61 — La même Pièce.

Belle épreuve du 3e état (non signalé). Le bras de la femme n'est plus placé de même.

62 — Effet de lune sur les bords de l'Oise (H. 113).

1er et 2e états, épreuves sur chine.

63 — La même Pièce.

Très belle épreuve sur japon, 2e état.

64 — Le Pré des Graves, à Villerville (H. 114).

Epreuve 1er état sur vieux papier et épreuve avec la lettre.

DAUBIGNY (C.)

65 — La Seine à Pont-Morin (Eure), Effet du matin (H. 115).

Belle épreuve sur hollande.

66 — Les Pommiers à Auvers (H. 116).

Epreuve du 1ᵉʳ état, épreuve du 2ᵉ état (non dé-crits.

67 — Clair de lune dans le Valmondois (H. 117).

Deux belles épreuves avant la lettre, une retou-chée au crayon.

DAUBIGNY et LAVOIGNAT

68 — Eglise de Sainte-Amélie, commune de d'Hum (Nièvre).

Belle épreuve.

69 — Sous ce numéro, nous vendrons quelques pièces de Daubigny et procédés, que le temps ne nous a pas permis de cataloguer.

GRAVURES SUR VERRES

70 — Marais aux Canards (H. 114).

71 — Les Cerfs (H. 115).

72 — Sentier dans les Blés (H. 116).

73 — Le Pont (Effet du soir) (H. 117).

74 — Le Ruisseau dans la clairière (H. 118).

75 — Le grand Parc à moutons (H. 119).

76 — Le Gué (H. 120).

77 — La Gardeuse de chèvres (H. 122).

78 — La Fenaison (H. 123).

79 — Effet de nuit (H. 125).

80 — Les Saules étêtés (le soir) (H. 129).

81 — Passage d'un gué.

82 — Le Berger.

ESTAMPES ANCIENNES

Livres, Photographies, Eaux-Fortes

ALLIGNY (Th.)

83 — Vues des sites les plus célèbres de la Grèce antique. 10 eaux-fortes.

CHOFFARD

84 — Vue des Eaux de Brunoy, d'après H. Gravelot. Belle épreuve.

DIVERS

85 — M. Molé, de la Comédie-Française, dans le rôle du marquis, dans le *Dissipateur*.

Très belle épreuve, grandes marges.

86 — L'Hiver, d'après Lancret, par de Larmessin. — Dépouille d'un cavalier après le combat, d'après Casanova. 2 pièces.

87 — Halte d'officiers, d'après Vouvermans, par Le Bas.

Belle épreuve.

88 — Anatomie du corps humain, 1739. 2 vol. in-fol., avec planches gravées.

89 — Onze Vignettes, d'après Moreau et Eisen, pour les Contes de La Fontaine, et quatre pour les Métamorphoses d'Ovide.

Belles épreuves.

MARILLIER (D'après)

90 — Cent quatre-vingt-cinq Vignettes pour illustrer les Œuvres de l'abbé Prevost : Contes des Fées, Florian, etc.

MOREAU le jeune

91 — Vingt et une Pièces pour illustrer la Pucelle.

Belles épreuves sur chine, montées sur vieux papier.

MOREAU le jeune (D'après)

92 — Soixante-dix-huit Vignettes et vingt-huit Portraits de Saint-Aubin, pour illustrer les Œuvres de Voltaire.

PHOTOGRAPHIES

93 — Vingt-neuf Photographies, d'après les fresques de Raphaël (Sera divisé).

POUSSIN (D'après Le)

94 — Vingt-cinq Gravures, par divers graveurs.

95 — Sous ce numéro, il sera vendu un grand nombre d'eaux-fortes par lots, avant et avec lettre.

Vve Renou et Maulde, imprimeurs de la Compagnie des Commissaires-Priseurs,
rue de Rivoli, 144.   300—73327

www.ingramcontent.com/pod-product-compliance
Lightning Source LLC
LaVergne TN
LVHW020647180726
843502LV00006B/2303